Cap sur le carnaval !

MIXTE
Papier issu de sources responsables
FSC® C022030

Loi n°49-956 du 16 juillet 1949 sur les publications destinées à la jeunesse,
modifiée par la loi n°2011-525 du 17 mai 2011.
ISBN : 978-2-09-255318-3
N° éditeur : 10218496 – Dépôt légal : octobre 2014
Achevé d'imprimer en septembre 2015 par Pollina (85400, Luçon, Vendée, France) - L73553A

Mymi Doinet

Les aventures d'Anouk et Benji

Cap sur le carnaval !

Illustrations de Glen Chapron

Nathan

un

Nonna Rosa a peur de tout

CETTE ANNÉE, pour les vacances de février, Benji, mon husky chéri, et moi, nous sommes invités en Italie. Nonna[1] Rosa, ma mamie, nous reçoit à Venise, dans son petit palais acquis du temps où elle était danseuse étoile. Vive le Sud ! C'est la première fois que je vais chez grand-mère en hiver.

J'adore cet endroit ! Du balcon en pierre blanche de sa vaste maison, j'admire le

1. Nonna : signifie « grand-mère » en italien.

Grand Canal qui serpente telle une anguille au pied des façades.

Mamie voit que j'apprécie le panorama.

– *Tu as maison, ma petite-fille, j'habite une pelle ville !*

Comme souvent, nonna Rosa prononce un mot pour un autre. Trop drôle ! Même si ce n'est pas toujours facile de la comprendre…

Grand-mère veut m'en apprendre davantage.

– *Sais-tu que, bue d'avion, Denise ressemble à un poisson ? Mais j'ai bien beurre qu'elle soit vite engloutie fous les flots !*

J'ai déjà plusieurs fois entendu parler d'un tel raz-de-marée. On raconte que si le niveau de la mer continue à monter, l'eau finira par déborder par-dessus les toits. Et ça, ça terrifie mamie ! Bon, il faut dire que grand-mère a peur de tout : de la fin du monde, des rides, des cambriolages, de l'orage, des vers de terre, et des courants d'air aussi. Tiens, la preuve, grand-mère s'emmitoufle dans son châle et grelotte.

– *Ferme bout de fuite la fenêtre, Anouk, sinon on va tomber salade, ce serait fromage !*

Là, ma nonna n'a pas tort ! Ce serait effectivement dommage d'attraper la grippe, car mamie me l'a promis : demain nous défilerons pour l'ouverture du carnaval, la plus féerique des fêtes…

deux

Le tableau qui respire

BIENTÔT MINUIT. Dans sa robe de chambre aux boutons aussi colorés que des bonbons acidulés, nonna Rosa vient m'embrasser au fond de mon lit à baldaquin.

– *Mords bien, ma princesse, fais de polis rêves !*

– Toi aussi mamie, bonne nuit !

J'ai beau être fatiguée, difficile de m'endormir ! Grand-mère a éteint le lustre en cristal, pourtant, j'y vois encore clair : les lumières des gondoles et des vaporetti[2] dansent dans la chambre.

Pendant ce temps-là, Benji explore le parquet ciré, avale une araignée, puis s'allonge et ne tarde pas à ronfler. Moi, à défaut de moutons, je compte les fleurs imprimées sur le papier mural : une rose, deux roses… quinze ros…

Je bâille en contemplant le tableau près de mon lit. Il représente un jeune garçon vêtu d'un costume couvert de triangles multicolores et d'une collerette blanche. C'est un arlequin. À ses pieds est peint un adorable chat noir à collier rouge et clochette dorée. Soudain, j'ai l'impression d'entendre le garçon respirer. Mon cœur s'accélère. Mais la curiosité l'emporte sur la peur. Après l'avoir longuement observé, je tente d'entrer en contact avec lui :

---

2. Vaporetto : c'est un bateau qui sert de bus. Au pluriel, ce mot italien se dit « vaporetti ».

– Sors de ton cadre, raconte-moi pourqu…

– *Anouk, réveille-roi, il est déjà dix sœurs !*

Argh ! J'étais en plein sommeil, et mamie vient de ruiner ma grasse matinée. Je m'étire, puis fais mon lit en repensant en boucle à mon rêve. Je lève la tête, regarde le tableau, et là, juste à cet instant, cling, cling, wouah ! Un tintement, puis un aboiement retentissent. Benji jappe, mais après qui ? Je me retourne : oh, ça alors ! Sur le balcon, il y a un chat noir avec… un collier rouge et une clochette dorée. C'est exactement le matou tout chou de la toile. Incroyable ! Le chat du tableau existe pour de vrai…

trois

Le paradis des mistigris

LE PORTRAIT DE L'ARLEQUIN, puis mon rêve si étrange… et maintenant le chat comme tout droit sorti du tableau, il y a de quoi être intriguée ! Je m'approche du mistigri et le caresse. Son pelage est doux et sa queue chatouille mes joues. Le petit félin ronronne, puis, pfuit ! se sauve. Est-il perdu ? Abandonné ? Je n'ai lu aucun nom sur son collier. Il faut que je le suive, il est si craquant. Mais problème : nonna Rosa ne me laissera jamais sortir seule.

En fait, je n'ai pas de gros mensonge à inventer pour filer dehors :

– Benji a un petit pipi qui presse. Je peux aller le promener, mamie ? Sinon, il risque d'arroser tes tapis !

Grand-mère regarde sa pendule ornée de minuscules anges en bronze doré et me dit :

– *Ne soyez pas en renard. Pour le déjeuner, je prépare des potes à la carbonara !*

– Promis, mamie, on sera là à midi tapantes !

Je dévale l'escalier avec Benji et remonte la ruelle. Loin devant nous, le chat gambade. Il course les pigeons et les mouettes, puis traverse le pont du Rialto. Où se faufile-t-il, si déterminé ? Ah, c'est ça ! Le glouton se dirige vers la Pescheria, l'immense marché aux poissons. Là-bas, les mistigris sont au paradis : ils ne savent où donner des moustaches autour des caisses débordant de têtes de thons, d'anchois écrabouillés et de carapaces de crabes.

Je fixe le collier rouge pour ne pas perdre de vue le félin futé. Vif comme l'éclair, le matou attrape un tentacule de poulpe entre ses dents. Puis il se carapate de nouveau.

Mon morfal husky resterait bien là fureter, mais je le rappelle à l'ordre :

– Benji, on n'est pas ici pour la friture, mais pour une filature !

Après un dernier marathon, le chat à clochette stoppe sa course devant une fenêtre à ras du sol. Il s'aplatit sous les barreaux, et hop, saute à l'intérieur. Zut !

Je regarde furtivement à travers la minuscule ouverture : le matou s'est assis près d'un jeune garçon. J'écarquille les yeux : il ressemble s'y méprendre au portrait de chez mamie. J'hallucine ! L'arlequin du tableau existe lui aussi. Et pas de doute, c'est le petit maître du chat.

Tout ça est bizarre, mon Benji. Mais je ne pourrai pas en voir plus tout de suite : le garçon tire le rideau et le gigantesque clocher surplombant la place Saint-Marc sonne déjà midi.

– Demi-tour, Benji, sinon mamie va s'inquiéter !

Je m'éloigne et lance un coup d'œil à la petite fenêtre. Mission d'Anouk qui démêle tout : il va falloir revenir ici dès cet après-midi !

quatre

Le prisonnier des pinceaux

À TABLE, j'interroge ma nonna en dégustant ses pâtes exquises :

– Tu l'as depuis longtemps le portrait de l'arlequin, grand-mère ?

– *Non, je l'ai trouvé la semaine fermière dans un vide-grenier, et je crains que la ceinture à l'huile ne se fissure !*

Mamie prend ensuite ses médicaments pour la migraine, la toux, le mal de dos, le mal de tout. Puis elle s'occupe du dessert.

– Je vais faire chauffer mon coiffé, te servir un jus de gomme et nous couper une part de râteau !

Pendant que je finis mon tiramisu, ça trotte dans ma tête : quel nouveau prétexte vais-je bien pouvoir annoncer cette fois-ci à nonna Rosa pour sortir ?

Heureusement, grand-mère s'allonge sur le canapé en velours, elle ferme un œil, puis l'autre et ronflote. Sa sieste tombe à pic ! Je chuchote à Benji :

– C'est reparti, mon doggy !

Sitôt revenue devant la maison du petit inconnu, je m'accroupis devant le soupirail et toque au carreau. Le garçon entrebâille la fenêtre. En voyant ses mains toutes peinturlurées, je comprends que non seulement c'est lui le modèle du tableau dans ma chambre, mais que c'est aussi lui le peintre !

La toile qui trône chez grand-mère est son autoportrait.

Dans la pièce en contrebas sont alignées des dizaines de peintures toutes signées *« LUIGI »*, comme le tableau de chez mamie. J'en déduis que c'est le prénom du jeune artiste.

À mon grand étonnement, Luigi parle le français :

– Ton chien a de merveilleux yeux bleus ! M'autoriserais-tu à le peindre ? me demande-t-il. Pour une fois, je dessinerais un autre animal que mon chat !

– Bien sûr, à condition que Benji cesse de gigoter et qu'il prenne la pose pour de bon !

Puis, toujours baissée au bord de la fenêtre, j'essaie d'en savoir plus sur lui :

– Tu viens de France, toi aussi ?

– Oui, il y a trois ans, mes parents ont quitté Marseille pour s'installer à Venise, me répond Luigi en ouvrant cette fois-ci grand sa porte.

Nous voilà dans son atelier ! Luigi nous accueille près de son chevalet de bois bien plus haut que lui. Je renifle aussitôt autant que Benji.

– Ça pique rudement le nez, ici !

Luigi m'explique que c'est à cause de l'essence de térébenthine, un liquide à base de résine de pin qu'il utilise pour diluer ses peintures à l'huile.

– Tu peins beaucoup ?

– Oui, tous les soirs dès que je reviens de l'école, le week-end, et pendant les vacances aussi.

Je suis impressionnée, Luigi est doué, ses autoportraits sont si ressemblants !

– Tu te représentes toujours en costume d'arlequin. Pourquoi ?

– Peindre des triangles me permet de marier les couleurs entre elles. Et puis, les habits de fêtes me plaisent. J'aimerais tellement assister au carnaval !

– Ça tombe bien, j'y vais ce soir avec ma mamie ! Tu veux nous accompagner ?

– Hélas ! Mes parents m'interdisent de sortir. Ils rêvent que je devienne un vrai

Picasso. Pour y arriver, je dois améliorer chaque jour ma technique.

– Mais tu as aussi le droit de t'amuser, surtout en ce soir de fête. Allez, Luigi, donne-toi du bon temps, crois-moi, ça ne gâchera rien à ton talent ! Tes parents ne défilent pas, eux ?

– Si, ils ont même de magnifiques costumes et seront parmi les premiers à parader ! Moi, d'ici leur retour, je vais devoir terminer deux grandes toiles. Impossible de les décevoir en bâclant mes portraits. Et si mon père découvre que j'ai cessé de peindre, il sera fort en colère !

Trois ans que Luigi habite Venise, et il n'est jamais allé au carnaval, c'est de l'abus total ! À force de tant vouloir qu'il devienne célèbre, ses parents l'ont rendu prisonnier de ses pinceaux. Quelle triste vie, Luigi ne peut pas se faire d'amis !

Plus je réfléchis, plus je suis déterminée. Je murmure à mon husky :

– Nous allons devoir relever trois défis, Benji. Un : trouver un déguisement pour Luigi. Deux : s'organiser pour qu'il assiste au carnaval. Trois : faire comprendre à ses parents que Luigi a besoin de se distraire. Cette fois-ci, triple mission, c'est pas gagné, mon doggy !

cinq

Pierrot et Colombine perdus dans le brouillard

C'EST L'HEURE DU GOÛTER. Mamie doit avoir terminé sa sieste ! Benji et moi, nous retournons chez elle au pas de course.

Dès notre arrivée, grand-mère nous appelle du grenier :

– *Montez par l'escalier en caleçon !*

En haut des marches en colimaçon, quel décor ! On se croirait dans les coulisses de l'Opéra : ma nonna y a exposé tous ses tutus du temps où elle dansait *Le Lac des cygnes*. Mais cet après-midi, mamie ne s'est pas costumée en bel oiseau blanc. Elle parade dans une gigantesque robe à panier.

– *Pour le carnaval de Cerise, nous défilerons en marquises !*

Je ne me vois pas empêtrée dans une telle robe.

– Les froufrous, non merci mamie, c'est trop encombrant !

Heureusement, grand-mère a d'autres trésors. Au fond de sa malle géante, il y a un costume de Pierrot, le rêveur qui parle à la lune, et une panoplie de Colombine, sa copine. C'est ce déguisement-là qu'il me faut ! Je le revêts aussitôt, puis dissimule les habits de Pierrot dans un sac.

Une heure plus tard, je prétexte :

– Benji a de nouveau besoin de prendre

l'air, on peut juste faire le tour du quartier, grand-mère ?

Comme d'habitude, mamie s'inquiète pour rien :

– *Oui, mais méfiez-vous des loups de soleil !*

– Voyons, nonna, il n'y a pas de canicule en cette saison !

Dès qu'il nous voit rappliquer, mon nouvel ami semble rassuré. Luigi est si content d'avoir de la compagnie ! Il m'envie :

– Tu es divine dans ton costume de Colombine ! Assieds-toi, je vais peindre ton portrait.

– Tu as mieux à faire !

Je lui tends la panoplie de Pierrot et l'invite à l'enfiler.

Luigi hésite à se déguiser. Mais mon offre est trop tentante : le voilà bientôt paré du costume blanc.

Je prends à témoin mon husky :

– Vise un peu le travail, mon doggy, premier défi réussi !

Ensuite, Luigi, Benji et moi, nous quittons l'atelier en catimini… sans réveiller le mistigri qui s'est endormi. Direction le palais de la marquise nonna Rosa !

Dehors, un épais brouillard s'est abattu sur la ville, comme si les nuages voulaient s'y poser. Résultat : nous avançons à tâtons en palpant les murs humides. Nous tournons en rond dans des impasses. Il fait froid et maintenant presque nuit. Ce serait nul si nous passions la soirée à errer pire que des petits poucets !

Je panique :

– Il y a un os, Benji ! Venise compte plus

de 400 ponts, c'est un vrai labyrinthe, comment nous repérer en voyant si peu clair ?

Mon husky flaire de tous les côtés. Nous le suivons pas à pas, en tournant à gauche, puis à droite, puis à l'envers, puis en travers. Soudain, Benji couine et freine devant une robe en satin rose, une robe de marquise. Sauvés ! Mon doggy a retrouvé ma nonna ! Angoissée par notre longue absence, mamie nous cherchait dans les ruelles autour de chez elle.

Rassurée de nous voir, grand-mère sourit et salue Luigi :

– Bonjour jeune pomme ! Nous connaissons-nous ? Ton virage me dit quelque chose !

– Bien vu mamie ! Luigi est le modèle de ton tableau. Et c'est aussi lui qui l'a peint ! Malheureusement, ses parents abusent de son talent : ils lui interdisent toute distraction. C'est pas juste ! Luigi n'a jamais assisté au défilé du carnaval.

Mamie prend Luigi par la main et le réconforte :

– Mon pauvre glaçon, il faut que cela messe !

Arrivée au bord de l'eau, grand-mère enjambe une gondole avec tous ses froufrous. Nous embarquons à notre tour, et mamie s'exclame dans la nuit glacée et bleutée :

– Cap sur le carnaval de Valise !

Puis elle ajoute, toujours aussi craintive :

– *J'espère que nous n'allons pas roucouler comme le* Titanic *!*

Et vogue la gondole ! Nous voilà tous les quatre assis dans la longue barque.

Nonna Rosa lève les yeux vers la statue du lion de Venise. Perché sur sa haute colonne, le superbe félin ailé fait office de phare. Grâce à lui, nous nous dirigeons vers la place Saint-Marc sans nous égarer.

En laissant échapper une fine fumée blanche à chacun de mes mots, je murmure à Benji :

– Deuxième défi réussi, mon doggy : Luigi va participer au grand défilé !

Près de moi, le jeune Pierrot tremble, non pas de froid, mais de peur :

– Si mon père me voit, ça va barder !

six

Luigi, le protégé de mamie

SUR LA PLACE SAINT-MARC, des centaines de personnes défilent déjà, et que de monde à la terrasse du café Florian ! Les parents de Luigi sont certainement dans la foule. Mais difficile de repérer qui est qui : riches, pauvres, jeunes, vieux, beaux, moches, chacun se cache sous un masque !

Brusquement, Benji flaire, s'agite et grogne. Je n'ai pas sa truffe, mais je renifle

aussi : dans les parages, ça sent la térébenthine, l'essence que Luigi utilise pour ses peintures. L'odeur doit être imprégnée sur les vêtements de l'un des costumés.

Au même instant, Luigi me tire par le bras, mort de trouille :

– Le faux marquis, là-bas, c'est papa, et à côté de lui, la comtesse en bottines, c'est maman !

Pas le temps de retenir mon husky, il a la

colère plus mordante que moi ! Benji fonce sur les parents de Luigi et stoppe à leurs pieds en aboyant pire qu'une meute à lui tout seul. Mais celle qui m'épate le plus, c'est mamie ! Ma nonna ne semble plus avoir peur de rien et grand-mère vocifère :

– *Vous n'avez pas honte de tant faire travailler votre éléphant ?*

Entouré de si nombreux témoins, Luigi ose enfin s'exprimer :

– C’est vrai, ce n’est pas une vie que tout me soit interdit !

Sous sa perruque, le père de Luigi pâlit. Apeuré par les cris et les crocs de Benji, et impressionné par l’assurance de mamie, il frémit.

– Pitié, madame la marquise, rappelez votre chien-loup ! C’est promis, notre Luigi n’aura plus à peindre jour et nuit.

Sous le choc, la mère du jeune peintre s’empresse d’ajouter :

– Croyez-nous, madame la marquise, notre fils est un vrai petit génie ! Nous voulions le meilleur pour lui. Nous étions sûrs que s’il travaillait dur, sa palette serait reconnue dans le monde entier. Mais nous t’en demandions certainement trop, mon Luigi chéri ! À partir d’aujourd’hui, tu pourras peindre, mais aussi te distraire, rire et rêver.

Les crocs toujours en avant, Benji ne baisse pas la garde. Ma nonna ne lâche rien non plus :

– *Gare à poux, je veillerai à ce que votre piston s'amuse chaque abat-jour !*

Comme je suis fière d'avoir une grand-mère si extraordinaire, et un husky si fin limier !

– Repos, Benji, je crois que les parents de Luigi ont compris !

Dong, dong, dong ! Il est minuit. Dans la ville, les carillons tintent en canon de tous les clochers, comme s'ils célébraient la libération du petit peintre.

Quel bonheur ! Fasciné par les feux d'artifice et la folle sarabande des violonistes, Luigi savoure à fond son premier carnaval. Puis il m'invite sous les flocons qui commencent à voleter :

– Valsons sous les confettis blancs, Anouk !

Entre deux pas de danse, je caresse Benji sur les reins, là où il aime bien, et le félicite :

– Bravo, big brave bon chien, troisième défi réussi, mon doggy : on a libéré Luigi !

Table des matières

Mymi Doinet

Un jour où j'admirais le bel et jeune arlequin peint par Picasso, portrait représentant Paul, son fils, j'ai eu l'impression que le tableau respirait… Preuve que les auteurs ont beaucoup d'imagination ! Bien des années après, j'ai écrit cette fiction.

Glen Chapron

Né en 1982 en Bretagne, près des Monts d'Arrée, Glen Chapron passe son bac à Brest puis part à la capitale pour étudier la gravure à l'École Estienne et accessoirement s'écraser le petit doigt sous une presse. Il intègre ensuite l'École des Arts Décoratifs de Strasbourg pour faire de l'illustration, rencontrer des gens talentueux, tomber amoureux, monter un fanzine et passer un diplôme. Aujourd'hui, il vit et travaille à Nantes où il navigue entre illustration jeunesse et bande dessinée.

DÉCOUVRE UN AUTRE TITRE DE LA COLLECTION

premiers romans

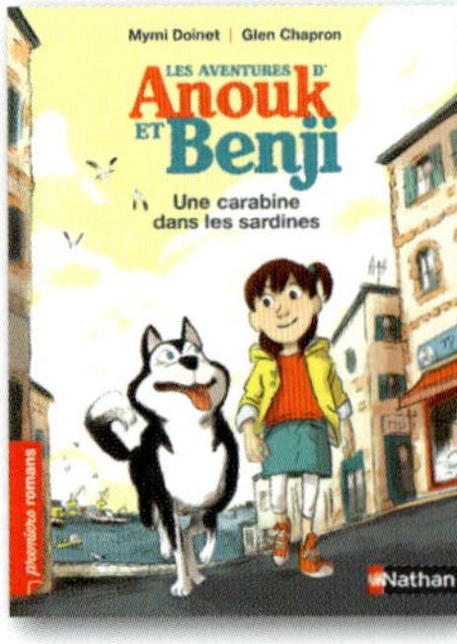

Une carabine dans les sardines

de Mymi Doinet
illustré par Glen Chapron

« Aujourd'hui, c'est le 1er avril. Ça mérite que je mijote une bonne petite blague à mes parents.

– Qu'est-ce que tu en dis, Benji ?

Mon husky chéri a tout compris : il me devance dans la cuisine où je vais préparer un crumble salé. Et un dessert farceur, un !

Il faut que je me dépêche. Maman m'a prévenue qu'elle rentrerait tôt, juste après avoir présenté le bulletin météo, son tout nouveau boulot. Papa, lui, arrivera plus tard. Il participe à Londres au grand concours du meilleur pâtissier du monde. »

Dans la ville où habite Anouk, un voleur rôde… Son butin ? Des boîtes de sardines ! Beaucoup de boîtes de sardines !